Adivinanzas con beso para las buenas noches

Sofía Rhei

Ilustraciones de
Sigrid Martínez

ALFAGUARA

Adivinanzas con beso para las buenas noches

Primera edición: febrero de 2015

D. R. © 2014, Sofía Rhei, texto

D. R. © 2014, Sigrid Martínez, ilustraciones

D. R. © 2015, derechos mundiales de edición en lengua castellana:
Santillana Ediciones Generales, S. A. de C. V., una empresa de
Penguin Random House Grupo Editorial, S. A. de C. V.
Blvd. Miguel de Cervantes Saavedra 301, piso 1
col. Granada, del. Miguel Hidalgo
C. P. 11520, México, D. F.

www.megustaleer.com.mx

Comentarios sobre la edición y el contenido de este libro a:
megustaleer@penguinrandomhouse.com

ISBN: 978-607-113-552-0

Impreso en México / *Printed in Mexico*

Para Arwen y Aidan.

S. R.

A Albert,
mi compañero en el camino;
a Margarita,
por estar siempre ahí.
Y a todos los que
han creído en mí.

S. M.

A Mario le han regalado

Adivinanzas con beso.

Sabe qué es lo primero, y lo segundo..., ¿qué es eso?

¿Qué será eso de beso?

¿Será fino?   ¿Será grueso?

¿Estará hecho de yeso?

¿Tendrá por dentro un hueso?

Mario le da muchas vueltas, mas no tiene diccionario,

y quisiera preguntarles a los peces del acuario.

Pero los peces no hablan… Tampoco lo hace el canario…

De repente, la primera página del calendario

se vuela por la ventana: detrás va corriendo Mario.

5

ENeRO

1 2 3 4
5 6 7 8 9 10 11
12 13 14 15 16 17 18
19 20 21 22 23 24 25
26 27 28 29 30

Aunque está en las nubes,
se esconde en las peras,
crece en coliflores,
vive en calaveras,
dentro del pan nuevo
o la clara de huevo.
Se echa una gran siesta
en la nieve fresca.

Es un libro sin historias,
pero dentro todo cabe.
Sus hojas son como días
y del tiempo mucho sabe.

Son unas flores que se abren de noche.
Tienen los pétalos hechos de fuego.
De los festejos sirven de broche
con sus colores y con su juego.

6

Son ancianos, no gruñones,
en vez de llevar bastones
portan cetros de rubí
y no son de por aquí;
son de lejanas regiones.
No se suben a un avión,
por seguir un gran destello,
tampoco toman camión
si pueden ir en camello.

Es de un profundo negro,
tan oscuro que espanta.
Es amigo del fuego
y enemigo del agua.
Si no has sido muy bueno
lo encontrarás al alba.

Tiene forma de corona,
joyas de fruta escarchada,
y, escondida, una sorpresa
que nada en olas de nata.

7

1987 2012

Es una taza sin asa,
elástica y rasa;
una casita caliente
para tu mente.

2010 2013

Les dan alas a tus pies,
pero no surcas el cielo
sino una pista que muestra
su hermoso reflejo.

Renace el uno de enero,
y cada vez es el mismo
aunque es cada vez más viejo.

8

Su cuerpo y su cabeza
tienen la misma forma.
Tú le pones orejas
y nariz, y hasta boca;
por mucho que te esfuerzas
nunca dice gran cosa.

Cuando llueve o cuando nieva,
un ave que está algo loca
hasta su prima te lleva,
y tiras porque te toca.
Es el juego de la…

Siempre tiene seis brazos
de elegante cristal
y vuela por los aires
con frío vendaval.

Los amigos del barrio, después de haber nevado,
hicieron un muñeco muy grande y desgarbado.
«No tiene ojos ni boca», dijo una de las niñas.

Así que se pusieron a buscar siete piñas.
y vieron tres cucharas, ardillas escondidas,
dos señales de tráfico, seis pinzas repartidas.

Cuando lo terminaron, como estaba solito,
le hicieron una novia con nariz de palito.

Los muñecos de nieve tienen pinta feliz,
se dan besos de enero frotando la nariz.

11

FEBRERO

1 2
7 8 9
3 4 5 6 13 14 15 16
10 11 12 20 21 22 23
17 18 19 27 28 ...
24 25 26

Tengo humos de volcán,
pero soy un mar en calma.
En un barco de metal,
te caliento la garganta.

Una palabra muy larga
para un palito tan chico:
te lo ponen en la boca
o dentro del sobaquito.

Antes tuvo ramas con hojas y flores,
dio cerezas rojas o suaves bellotas.
Ahora lo decoran mil hermosas chispas
que, como otras flores, de su cuerpo brotan.

No puede espantar a nadie,
pero dice que lo hará.
Por si acaso, muchas suegras
huyen si lo oyen sonar.

Aunque no es rostro de nadie,
puede serlo de cualquiera:
ves a través de sus ojos
y le prestas tu sesera.
Luego la usa un amigo
y la miras desde fuera.

Te transforma en un ser diferente,
en un hada o un ogro crecido,
con un poco de fieltro cosido
unas alas de media o un diente.

13

En el centro de febrero
hay un día en que los besos
recorren el mundo entero.
Los dan, buenos y traviesos,
en casa y en el jardín.
¿Su nombre? San...

Una lluvia que no cala,
arcoíris de bolsillo,
una verbena encerrada
hecha de papel y brillo.

Tienen la misma forma
que aquello que recubren:
una rama más corta,
cuatro ramas que suben.

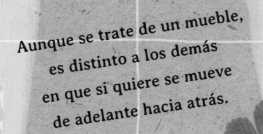

Aunque se trate de un mueble,
es distinto a los demás
en que si quiere se mueve
de adelante hacia atrás.

Es pequeño, poca cosa:
son dos círculos y un pico;
aun sin color, siempre es rosa
y une a los seres queridos.

Nadie los quiere mirar,
son feos y desgraciados,
se te caen de la nariz
cuando tienes constipados.

15

Siete pequeños topitos, con don Topo y doña Topa
una noche de febrero cocinan una gran sopa.

No están muy bien de la vista, y por eso en su cocina
se han perdido una seta, cuatro huevos de gallina,
un salero, una peineta, la cuchara de madera,
cuatro cajas de cerillos, unas gafas y una pera.

Justo antes de dormirse, los topitos, muy cansados,
se dan besos de febrero con los ojitos cerrados.

MaRZo

2 3 4 5 6 7 1
9 10 11 12 13 14 15
16 17 18 19 20 21 22
23 24 25 26 27 28 29
30

Son los coches de tus piernas,
pero no olvides el casco
(no en los pies: en la cabeza)
para ahorrarte cabezazos.

Nadie baila y todos corren
cuando suenan musiquitas.
Si sólo quieren sentarse,
¿Por qué tienen tanta prisa?

Se tarda un rato en subir,
sólo un segundo en bajarla.
Luego vuelves a empezar,
das vueltas de arriba abajo.

Come hojas de morera,
luego se mete en su casa.
Cuando por fin se libera
ha cambiado en su carcasa.

Una serpiente traviesa
se camufla en el jardín,
si te pilla por sorpresa
te calará el calcetín.

Trepa por el muro,
se queda muy quieta,
sale despedida
en cuanto te acercas.

En el jardín yo soy la primera:
brotando anuncio la primavera.
pero si Iris fuera un pintor
mi dulce nombre, que es mi color,
sería el último de su paleta
¿Ya lo has pensado? Soy la...

Si te quedas en tu sitio
y no la miras, se aleja,
pero si agitas los brazos
se te cuela por la oreja.
Tiene alas, tiene antenas
y un estampado de reja,
se le dan muy bien las flores,
y la llamamos...

No es una muela de un tigre feo
ni es el colmillo de una gran fiera,
no tengas miedo de que te hiera
cuando la soplas por un deseo.

Es algo que está en el musgo y está en las hojas;
está en las partes de la sandía que no son rojas.
Vive en todas las frutas aún inmaduras,
tanto en las algas como en las verduras.

Tres corazones verdes
brotan del prado,
de ellos come el conejo
y pasta el ganado.

Tiene dos aros de hierro,
mas no corrige la vista.
Aunque puede ir muy deprisa,
no la lleva el motorista.

21

En el corral gallinero se han colado lagartijas,
asustando a los pollitos con sus pieles como lijas.

Con el revuelo formado se han perdido un caramelo,
dos tazas,
una trompeta,
cuatro globos
y un pañuelo.

Mamá gallina, enfadada, echa de allí a las intrusas
y les dice que no vuelvan, las deja patidifusas.

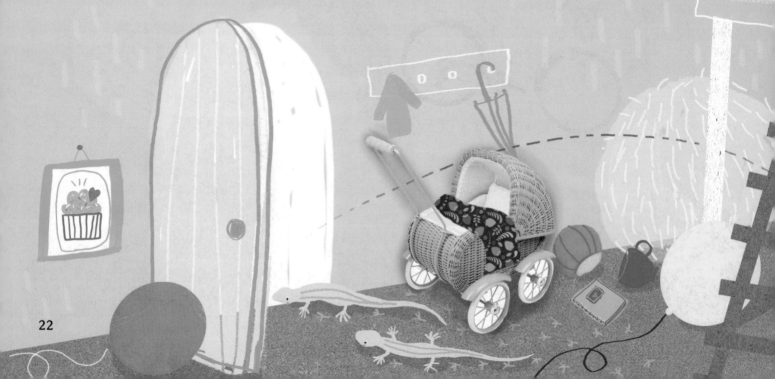

Luego arropa a los pollitos para que no tengan frío
les da los besos de marzo cantando su «pío, pío».

23

Con nuestra ayuda no es necesario
que te desvíes cuando hay un charco.
Puedes pisar el agua o el barro:
ni nos dan frío ni nos dan asco.

Después de la lluvia salen
a pasear siete aves;
cada una es de un color,
pero no hay quien las separe.

Se parece a una cama, pero no pesa.
Se parece a una sábana cuando la cuelgas
y entre dos arbolitos echas la siesta.

Es un huevo sin yema,
sin cáscara ni clara.
Muy brillante por fuera,
te lo esconden en Pascua.

Su nombre te confunde:
en realidad no suenan.
Crecen cerca del río,
son azules o crema.

Borda las rocas más duras
con su fino hilo de plata,
no le asustan las alturas,
pero a correr no se mata.

25

Soy el abanico
de cuando hace frío
aunque llueva mucho,
nunca me resfrío.

¿Qué viene antes del pan?
La harina.
¿Y antes de la harina?
El molino.
Pero ese molino,
¿qué grano muele fino?

Se te esconden por el pelo,
sin ser mosquitos.
Se te beben las ideas,
sin ser vampiros.

Con casillas blanquinegras
no es un juego de ajedrez,
y lo tratas a patadas,
pero es que así debe ser.

¿Por qué no queremos ver
esos coloridos ramos?
¿Qué misterio hay en las flores
cuando los ojos cerramos?

No sale de llave alguna,
pero se puede beber.
Calma la sed de los campos
y al río hace crecer.

Cuando llegan las lluvias, mucho crece la charca:
papá Rana fabrica con ramas una barca
y sube a las ranitas para ver el paisaje:

«Veo, veo, ¿qué ves?». Un mosquito con traje,
una sierra, una cesta, una seta, un candil,
un racimo de uvas y tres hermosos dados.

Los besos de las ranas, que son besos de abril,
se dan con los cachetes tremendamente hinchados.

MAYO

1 2 3 4
5 6 7 8 9 10 11
12 13 14 15 16 17 18
19 20 21 22 23 24 25
27 28 29 30

Es el aliento suave del cielo,
que a veces ruge lleno de hielo.
Lleva a los barcos hasta sus puertos,
lleva a las nubes hasta los huertos.

Si fueran prisioneras,
serían prisionérulas,
pero como son libres,
las llamamos...

Mi cuerpo es fino y ligero,
mi esqueleto es de palitos,
viajo subido en el viento
mientras tú tiras del hilo.

Su nombre empieza por «ama»,
es del color del amor,
y su encendido color
de los campos es la llama.

No tienen boca ni voz,
pero siempre les preguntan
si alguien los quiere o si no
arrancándoles las plumas
(aunque son plumas de flor).

Soy de mi propio color,
y al jardín doy buen olor.
Me busca la mariposa,
que es igual que yo de hermosa;
todos me llama la...

31

Tiene puntos sin ser dado
y camina por el prado
con su espalda colorada,
redondita como un hada.

Nos gustan mucho las líneas,
vamos muy ordenaditas.
Desde nuestra casa, en fila,
llegamos a tu cocina.
Nos llevamos palomitas,
los granos sueltos de arroz
y enormes patatas fritas
sin perder la formación.

Arrastra una bola con mucho trabajo,
de izquierda a derecha y de arriba abajo.
Una cara tiene, y es cara de bajo;
por eso lo llaman el...

Unas pepitas de oro
cantando todas en coro
se vuelven flores redondas
dentro de tu microondas.

Puedes hacernos gigantes
o pequeñas como abejas:
volamos desafiantes,
transparentes y perfectas.

Lo encuentras en el sol que tanto brilla,
en las dulces semillas de melones,
en las mazorcas, en la mantequilla,
en los pollitos, limas y limones.

Cuando se abren los huevos, los pequeños piquitos
de las recién nacidas reclaman gusanitos.

Su madre se los da, y con tanto trabajo
tiene el nido revuelto: hay un **escarabajo**,
tres carretes de **hilo**, un **reloj** de pulsera,
una **brújula** rota y dos **velas** de cera.

Son los besos de mayo de lugares lejanos,

y se dan colocando como un pico las manos.

35

Junio ☀

1 2
3 4 5 6 7 8 9
10 11 12 13 14 15 16
17 18 19 20 21 22 23
24 25 26 27 28 29 30

Siempre somos gemelas,
de dos en dos brotamos.
Servimos de pendientes
o adornamos helados.

Puede que no te guste
mi zumbido zumbón:
te molesto en la siesta
y al irte de excursión.
Si quieres espantarme,
me escapo de volón
y cuando te descuidas
te estampo mi aguijón.

A mis padres los partieron,
sólo dejaron la piel.
Mi madre salió del filtro,
y después me echaron miel.

36

A veces la mesa es de hierba,
los vasos jamás se te rompen.
Se come fruta y un sándwich,
y postres que vienen en botes.
A veces el techo es el cielo,
la tarde se vuelve un paseo.

Son planetas chiquititos:
juegas a hacerlos chocar
en el patio del recreo,
siempre a rodar y a rodar.

Corre y corre sin moverse,
es parecido a una flor.
Rebosante de color
gira y gira sin romperse.

Cerca de la charca
oyes un cantar:
no es muy melodioso,
se llama «croar».

Es una naranja
gigante y muy dura.
Nadie se la come
porque no es de fruta,
pero todos corren
y todos la buscan.

Cuando llega la tarde
de la hierba se eleva su sonido,
parece que es cobarde
porque se esconde para hacer su ruido.
Pero su canto dulce y comedido
se atreve a acariciarnos el oído.

Mi cuerpo está hecho de dientes,
pero son dientes muy blandos,
tiernecitos y dorados.
Con sal y con mantequilla
los arrancas a bocados.

Es una nube que puedes palpar.
Es un bocado que cambia en tu boca.
Es pegosteoso en aquello que toca.
Sólo en la feria lo puedes comprar.

De muy lejanos países
viene esta dulce delicia;
por fuera, monstruo peludo,
por dentro, blanca caricia.

Todas las tardes de junio, la familia Negrosbrillos
prepara su gran concierto: son una orquesta de grillos.
Sin embargo, hoy han perdido sus bonitas **partituras**,
un **trompo**, un **pastel**, un **tambor** y siete **nueces** muy duras.

Cuando por fin las encuentran y se ponen a tocar,
los animales del prado se detienen a escuchar.

En junio, todos los besos se dan con una canción:
para cantar y abrazarse, no hace falta otra ocasión.

Paso inferior

2·3·4·5 Vías

Julio

Para pagar no has de usarlo
con videojuegos ni trajes,
pero tienes que llevarlo
si te quieres ir de viaje.

Su piel, entre negra y gris,
tiene blancas líneas rectas.
La recorren bichos raros
con cristales y con ruedas.

Te lleva de vacaciones
con sus numerosas ruedas,
pero no sigue caminos ni carreteras.

42

Tan pequeños que caben
en el bolsillo,
pero pueden robarle
al sol el brillo.

Es la hermana veraniega
del gran armario ropero:
mucho más chica por fuera,
igual de grande por dentro.

Es para niños y niñas,
para él y para ella,
sus granos son deliciosos
y la llaman la...

43

Sólo puedes sentarte
si está preparada,
porque el resto del tiempo
espera guardada.

Bellos paracaídas
con sus brillantes cintas.
Pero nunca los toques
ya que sus cuerpos pican.

¿Un arbusto que da estrellas?
¿Un cometa pequeñito?
Si en verano puedes verlas,
no las metas en frasquitos.

Tengo forma de guitarra
y como ella, llena de cuerdas,
tengo la tripa redondeada.
Pero no esperes una canción:
en un deporte compito yo.

Su nombre en realidad va de farol,
porque allí no se vende ni una miga.
Te protege del frío y de la hormiga,
cuando la arrastras, eres caracol.

¿Sabías que en tu casa
también hay Polo Norte?
El frío nos da forma,
tenemos doce bordes.
Usamos de piscina
el zumo de limones.

Ni es la pieza de ajedrez,
ni corre por las praderas.
Vive en el mar, como un pez,
sin sillas y sin espuelas.

También se llama «salada»
antes de echarle la sal.
Y aunque no es ningún lugar
parece que así la llaman.

Convierte el almuerzo en cena,
la tarde en otra mañana...
Una noche de juguete
en la que mucho descansas
cuando no tienes quehaceres.

La rosca que no te comes,
sino que te come a ti.
Un amigo que te abraza
para entre las olas ir.

Duerme en el armario
casi todo el año.
Cuando lo despiertas,
¡mojado lo dejas!

Es suave y mullida,
grande y colorida.
Te sirve de cama
si te da la gana.
¡No hay día de playa
sin llevar...!

47

La familia Cangrejo ha encontrado un helado:
van corriendo a buscarlo caminando de lado.

Cada uno utiliza sus pinzas de cuchara,
y comen tan aprisa que se manchan la cara.

En la playa hay un pulpo, una gran caracola,
tres llaves, cuatro libros y hasta un piano de cola.

Los besos de cangrejo se ofrecen de través,
girando los carrillos porque es julio su mes.

49

¿Por qué enciendes las brasas
justo en pleno verano?
¿Será porque así asas
mazorcas y costillas
y chorizos y alitas,
sin quemarte la mano?

Es el reloj más veloz,
y con ese ritmo atroz
sus agujas con motor
dejan atrás el calor.
Lo llaman...

Sombrero de mago
puesto del revés,
bola de pistacho...
¿Qué crees tú que es?

Siempre estoy, aunque no esté,
en lo más alto del cielo.
Estoy guardado en las olas
y en las campanillas sueno.
Hay quien me lleva en los ojos
y quien me arrastra en su vuelo.

Dulce y dura por fuera,
crujiente y fresca por dentro.
No brota así del árbol,
con su palito puesto.

Una cintura muy fina,
rayas negras y amarillas.
Si te descuidas, te pica,
pero no muere en la herida.

51

Un pequeño arte de magia
te permite abrir los ojos
hasta debajo del agua.

Los erizos de la playa,
sus cangrejos y navajas
nunca jamás te harán llagas;
no son santas, son san...

Bajo un cielo de agua salada
también hay una noche estrellada.
En la playa les gusta estar juntas
presumiendo de sus cinco puntas.

Es la verdura que comen los peces,
las sirenitas y los japoneses.

No te quieren hacer daño,
pero te empujan y arrastran.
Tienen un sabor salado,
pero nadie se las zampa.

Viven al borde del mar,
dentro de algunos relojes.
Si no te quieres quemar,
písalos con precauciones.

Cuando el bosque está en calma, en lo alto del pino,
la mamá Petirrojo recita con su trino
un pequeño acertijo a sus cuatro bebés:

«¿Dónde están las **cerezas**?
¿Dónde el número tres?
¿Dónde están las tijeras
y el manual de inglés?».

54

Los pajarillos buscan, mostrando gran destreza,
y al dormirse reciben besos en la cabeza.

55

Somos todos cabezones,
vivimos muy apretados.
¿Para qué comernos verdes
si nos ponemos morados?

En una orquesta suenan
muchísimos «plin, plan»,
algunos «fiuuu, fiuuu»
y un gran «tarrantantán».
Los «plin, plan» son de agua,
los «fiuuu», vendaval,
y el estruendo es el cielo.
¿Qué música será?

Dos brazos tiene,
sin piernas viene.
Se te engancha porque quiere
que en los hombros tú la lleves.

Es casi como un libro, pero suena;
se parece a un programa que te enseña.
Si no lo entiendes, lo repite,
y si te portas bien, sonríe.

Unidas por la cintura,
dos hermanas algo raras:
cada una tiene un ojo
y una afilada pata.

Un largo espagueti que nadie se come,
y si te descuidas acaba en el suelo.
Dos palitos blancos (no son tenedores)
juntos crecen tanto
que tú cabes dentro.

57

Una grácil bailarina
danza en suelo de papel,
su escenario es tu cuaderno:
piruetas por doquier.

No soy tirante ni cinturón,
pero sujeto tu pantalón.
Y también rimo...
Soy el...

Por fuera, de colores,
por dentro, como un huevo.
Cada día lo abres
y cada día es nuevo.

58

Tengo un hueso de madera,
pero lo llevo por fuera;
protege mi centro oscuro,
que es de un material muy duro.
Siempre vamos tres en fila:
una borra y otro afila.

Somos diez, del flaco al gordo.
Sabemos cuánto hay de todo,
qué vueltas hay que pedir,
cuándo sobra, cuándo hay poco
y cómo hay que dividir.

Gotas de noche cerrada
en el más blanco recodo.
De una en una, somos nada,
juntas, lo decimos todo.

59

Papá Ardilla, mamá Ardilla y sus siete pequeñajos
recogen almendras, nueces, avellanas y hasta ajos,
y los esconden muy bien para pasar el invierno.

Pero en su gran almacén también vemos un cuaderno,
un violín, un par de guantes y un peluche muy, muy tierno.

Los besitos de septiembre han de dar mucho calor,
y por eso se reciben debajo del cobertor.

Octubre

1 2 7 8 9
3 4 5 6 7 8 9
10 11 12 13 14 15 16
17 18 19 20 21 22 23
24 25 26 27 28 29 30

Soy cuerda, pero voy suelta.
Sin ser trompo doy vueltas.
Si me sacas de paseo
será mejor el recreo.

Primero soy verde,
y el travieso viento
me pone a jugar.
Luego soy dorada,
y, más frío, el viento
me hace tiritar.
Por último parda,
con mi amigo viento
me lanzo a volar.

Sólo si muy fuerte eres
o tienes un casca-ellas
podrás abrir sus cabezas
y sus cerebros comerte.

Un gusano de colores
se esconde todo el verano,
pero acecha en los rincones
cuando va acabando el año.
Si te descuidas un poco,
te salta desde el perchero,
se te sube por los hombros
y se te enrosca en el cuello.

Su cabeza es un saco relleno
de paja y de heno.
Su chaqueta, igual que su sombrero,
era del granjero.
Esperando que crezca el cultivo
parece estar vivo.

Nazco en la tierra, mas no soy planta.
Puedes comerme y no soy animal.
Hay quien me toma por una piedra:
donde yo crezco suele haber más.

63

Cuando me ves, no ves nada
y te oculto lo demás.
Te envuelvo en mi sombra blanca
para despistarte más
y jugar al escondite
sin que sepas dónde estás.

Es capaz de construir
el encaje más preciado;
pero si alguien lo desgarra
ya no sabe repararlo.

Son los ojos de las casas
y se cierran con el viento,
la boca de tu pared
por la que entra su aliento.

Van detrás unas de otras,
pero no recogen migas
(ya sabes: no son hormigas).
Si se te ocurre tocarlas,
te arderán tanto las yemas
que habrá que ponerles cremas.

Siete veces cae de pie,
siete veces sigiloso;
con sus ojos como brasas
dicen que da mal de ojo.
Es amigo de las brujas
y es del color de su gorro.

No tengo cara de nada,
ni de pez ni de anzuelo,
mas me llaman cara...

65

Atraviesa las cercas
y gime con aullidos,
arrastra las cadenas
y dicen que da frío.
Yo nunca he visto uno,
pero si te lo encuentras,
¡mejor dale tú un susto,
y que se dé la vuelta!

Tan blanco, tan blanco,
que doy mucho miedo;
tan flaco, tan flaco,
tiritan mis huesos.

Su escoba sólo barre
las estrellas que brillan en el cielo,
y lleva sin amarre
a su gato, su sapo o su mochuelo
en el mágico viaje de su vuelo.

Sus alas de cuero negro
se despliegan en la noche,
y están las cinco vocales
dentro de su oscuro nombre.

Te ayuda en un momentín
todos los días del año,
en invierno y en verano.
Pero nunca es más feliz
que después del cepillado
de los dulces que te han dado
cuando llega Halloween.

Soy de color naranja,
crezco en la granja.
Cuando llega mi día,
quedo vacía,
una gran vela hospedo
y doy mucho miedo.

Octubre

67

Cuando llueve, las hormigas no pueden ir a buscar
migas de pan y semillas, y se tienen que quedar
dentro del gran hormiguero. Allí su madre, la reina,
les cuenta un cuento muy gordo mientras con mimo las peina.

La historia habla de un lápiz, de un corcho y un cascabel,
de cinco flores azules y de tres tarros de miel.

Cuando aún no se han dormido, en ese par de minutos,
les dan los besos de octubre, que son los más diminutos.

Una torre alargada
igual que un pirulí
contiene cien cajitas
difíciles de abrir;
dentro, un rico tesoro
si las sabes partir.

En su casa espinosa,
muy protegidas,
viven muchas hermanas
bien escondidas.
Primero, verde claro,
luego granates,
del color de la noche
cuando son grandes.

La llevaba una niña vestida de rojo
sobre su cabecita en un bosque horroroso.
Te la pones si llueve o si afuera hace frío,
y nuca y orejas quedan muy calentitos.

Cuatro castillos en cuatro esquinitas:
uno de hierba, otro de aguas,
otro está hecho de oro y pepitas
y el cuarto es rojo como las fraguas.
De uno hasta otro, todo el tablero
con tres amigos cruzas entero.

Dentro de su cuna,
de pincho pinchón,
en noviembre nace
brillante y marrón.

Me gustan los sillones,
pero soy aún más blando.
Soy primo de tu almohada
y de tu oso de trapo.

71

No es un papel de escribir,
ni lo es de dibujar.
No sirve para leerlo,
tan solo para sonar.

En una cara tengo un ojo,
en otra dos, en otra tres.
Luego uno más y luego otro,
y así seguimos hasta seis.
Con mis amigos de colores
lleno de risas tu salón,
cuando en la calle hay nubarrones
nos divertimos un montón.

Más que hermosa,
es hermosota,
y más que bella es...

72

Soy de mi mismo color,
pero no soy una flor.

Lo tiene el cacahuate
y el chocolate,
algunos rizos
y los erizos,
los erizos de castañas
y las recién confitadas,
y los granos de café.
¿Qué color crees tú que es?

Es el regio terciopelo
de la reina de las rocas.
Su manto verde y longevo
que se alimenta de gotas.

NoviEmBRe

73

En el oscuro bosque, cuando empieza a enfriar,
la familia de osos se prepara a hibernar.

Han cenado una sopa con un gran cucharón,
y los tres se refugian bajo el grueso edredón
con dibujos de hojas navideñas y lazos,
tres pasteles, un cuervo y de cartas un mazo.

El edredón se suben casi hasta las orejas:
justo antes de dormirse se besan en las cejas.

DiCiEMBRe*

1 2 3 4 5
6 7 8 9 10 11 12
13 14 15 16 17 18 19
20 21 22 23 24 25 26
27 28 29 30 31

Las casas que tienen frío
en el invierno helador
cuentan con un verde abrigo
muy frondoso y trepador.

Cuando se hace de noche
y en la calle hace frío,
una amiga muy alta
nos enseña el camino
con su cabeza blanca
de resplandor y brillo.

Nunca digas «villancicos»,
ni «Pamplona», ni «Aragón»
cuando tengas en la boca
un enorme...

Aunque tus pies no se mueven,
avanzas rápidamente.
Sólo los ves en la nieve,
y sólo cuando hay pendiente.

Cuando pica la garganta
y lloran nariz y ojos,
que se han puesto todos rojos,
mamá te cuida y te canta.
Y ella, que todo lo sabe,
te da un poco de...

Se parecen mucho a ti,
pero no son tus hermanos;
nunca cambian de expresión
y no conocen enfados.
Mientras tú te haces mayor,
ellas ya se han congelado.

77

Puede ser cualquier cosa,
pero para que sea
lo envuelves bien en hojas
de papeles de seda
y pones una cinta
rizada y divertida.

Las canciones de diciembre
hablan de paz y alegría.
Si las cantas en septiembre,
puede que alguno se ría.

Siempre lleva un abrigo de peluche
del color de la nieve y del acebo.
Su trineo reluce como nuevo
con cascabeles que oirá quien escuche.

Las hay enormes, en las iglesias.
Las pequeñitas decoran la mesa.
Si las agitas, hacen «tan, tan»,
salvo que sean de mazapán.

Empieza igual que tú,
pero acaba del color
de las almendras tostadas.
Es decir, color marrón,
pero no es un polvorón.
¿Ya sabes que es el…?

DiCiEMBRE

En un redondel zumbón:
muchos redondos chasquidos.
Si lo agitas al compás,
podrás cantar villancicos.

79

Cada noche, las lechuzas se buscan un nuevo hogar,
un árbol siempre distinto para la noche pasar.

Pero esta vez han hallado un abeto diferente:
de sus ramas cuelgan fresas, una bengala y un diente,
cuatro piezas de ajedrez y una carta que va a Oriente.

Para besar en diciembre no hacen falta muchas galas:

hay que abrir mucho los brazos y abrazar como con alas.

No tiene forma, ni olor,
ni dibujo, ni color.
A veces tiene sonido
(un adorable chasquido).
Nadie lo puede guardar,
pero todos regalar.

Mario por fin ha atrapado la hoja del uno de enero,
y ha regresado a su barrio y a su casa en el tercero.
Ha aprendido muchas cosas, ha empleado mucho el seso,
ha conocido animales y sabe lo que es un beso.
No tenía gran misterio, no era tan, tan, complicado:
apretar juntos los labios y acercarse a un ser amado.

Antes de dormir, debajo de su edredón con seis coches,
a su peluche Orejitas besa con las buenas noches.

Solucionario

ENERO

Página 6: **El color blanco, el calendario, los fuegos artificiales.**
Página 7: **Los Reyes Magos, el carbón, la rosca de Reyes.**
Página 8: **La gorra, los patines de hielo, el año.**
Página 9: **El muñeco de nieve, el juego de la oca, el copo de nieve.**
Páginas 10-11:

FEBRERO

Página 12: **La sopa, el termómetro, la leña.**
Página 13: **El espantasuegras, la máscara, el disfraz.**
Página 14: **San Valentín, los guantes, el confeti.**
Página 15: **La mecedora, el corazón, los mocos.**
Páginas 16-17:

MARZO

Página 18: **Los patines de ruedas, la resbaladilla, el juego de las sillas.**
Página 19: **Los gusanos de seda, la manguera, la lagartija.**
Página 20: **San Valentín, los guantes, el confeti.**
Página 21 : **La mecedora, el corazón, los mocos**
Página 22-23:

ABRIL

Página 24: **La botas de agua, el arcoíris, la hamaca.**
Página 25: **El huevo de chocolate, las campanillas, el caracol.**
Página 26: **El trigo, el paraguas, los piojos.**
Página 27: **El balón de futbol, el perfume de las flores, la lluvia.**
Páginas 28-29:

MAYO

Página 30: **El viento, las libélulas, el papalote.**
Página 31 **Las margaritas, la amapola, la rosa.**
Página 32: **La catarina, las hormigas, el escarabajo.**
Página 33: **Las palomitas de maíz, las burbujas de jabón, el color amarillo.**
Páginas 34-35:

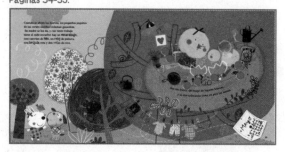

JUNIO

Página 36: **Las cerezas, el mosquito, la limonada.**
Página 37: **El picnic, las canicas, el rehilete.**
Página 38: **La rana, el balón de básquet, el grillo.**
Página 39: **La mazorca de maíz, el algodón de azúcar, el coco.**
Páginas 40-41:

JULIO

Página 42: **El boleto, la carretera, el tren.**
Página 43: **Los lentes de sol, la maleta, la paella.**
Página 44: **La silla plegable, las medusas, las luciérnagas.**
Página 45: **La raqueta, la tienda de campaña, los cubitos de hielo.**
Página 46: **El caballito de mar, la ensalada, la siesta.**
Página 47: **El flotador, el traje de baño, la toalla.**
Páginas 48-49:

AGOSTO

Página 50: **La barbacoa, el ventilador, el helado.**
Página 51: **El color azul, la manzana de caramelo, la avispa.**
Página 52: **Los goggles de buceo, la estrella de mar, las sandalias.**
Página 53: **Las algas, las olas, los granos de arena.**
Páginas 54-55:

SEPTIEMBRE

Página 56: **El racimo de uvas, la tormenta, la mochila.**
Página 57: **La maestra, las tijeras, el suéter tejido.**
Página 58: **El compás, el botón, el cuaderno.**
Página 59: **El lápiz, la goma y el sacapuntas; los números, las letras.**
Páginas 60-61:

OCTUBRE

Página 62: **La reata, la hoja, las nueces.**
Página 63: **La bufanda, el espantapájaros, los hongos.**
Página 64: **La niebla, la araña, las ventanas.**
Página 65: **Las orugas, el gato negro, el caramelo.**
Página 66: **El fantasma, el esqueleto, la bruja.**
Página 67: **El murciélago, el cepillo de dientes, la calabaza (en Halloween).**
Páginas 68-69:

NOVIEMBRE

Página 70: **La piña y los piñones, las moras, la capucha.**
Página 71: **El Parchís, la castaña, el cojín.**
Página 72: **El pañuelo de papel, el dado, la bellota.**
Página 73: **La naranja, el color marrón, el musgo.**
Páginas 74-75:

DICIEMBRE

Página 76: **La hiedra, la farola, el polvorón.**
Página 77: **Los esquíes, el jarabe, las fotografías.**
Página 78: **Un regalo, los villancicos, Santa Claus.**
Página 79: **Las campanas, el turrón, el pandero.**
Páginas 80-81:

Sofía Rhei es autora de las series de fantasía infantil *Krippys* (Montena), bajo el seudónimo «Cornelius Krippa», y *El joven Moriarty* (Fábulas de Albión), del libro de relatos infantiles *Cuentos y leyendas de objetos mágicos* (Anaya) y de las novelas juveniles *Flores de sombra* (Alfaguara) y su secuela *Savia negra*.

Sigrid Martínez nació en Barcelona en 1984.
Estudió ilustración en la escuela de arte Pau
Gargallo de Badalona. Empezó su trabajo como
ilustradora haciendo estampados y diseños
textiles infantiles hasta que unos años
después llegaron los primeros cuentos
para ilustrar en Francia e Inglaterra.

Adivinanzas con beso para las buenas noches, de Sofía Rhei
se terminó de imprimir en febrero de 2015 en
Impresora Tauro S.A. de C.V.
Av. Plutarco Elías Calles 396, Col. Los Reyes
México, D.F.